图书在版编目（CIP）数据

带月亮的房子 / 肖定丽文；钟彧图.
——上海：上海教育出版社，2018.4
（看图说话绘本馆. 林中好朋友系列）
ISBN 978-7-5444-8274-5

Ⅰ.①带… Ⅱ.①肖…②钟… Ⅲ.①儿童故
事－图画故事－中国－当代 Ⅳ.①I287.8

中国版本图书馆 CIP 数据核字 (2018)
第 068604 号

看图说话绘本馆·林中好朋友系列
带月亮的房子

作　者　肖定丽/文　钟彧/图
责任编辑　李莉
美术编辑　王慧　赖玟伊

出版发行　上海教育出版社有限公司
官　网　www.seph.com.cn
地　址　上海市永福路 123 号
邮　编　200031
印　刷　上海盛通时代印刷有限公司
开　本　787×1092 1/24 印张 1
版　次　2018 年 4 月第 1 版
印　次　2018 年 4 月第 1 次印刷
书　号　ISBN 978-7-5444-8274-5 / I.0100
定　价　18.00 元

林中好朋友系列

带月亮的房子

肖定丽/文　钟　彧/图

上海教育出版社
SHANGHAI EDUCATIONAL
PUBLISHING HOUSE

这天晚上，小熊送来作客的小狐出门回家去。

小狐抬头看看天空，忽然惊喜地叫起来："哎呀，小熊，真没想到，你的房子上空带着一个圆月亮！"

小熊抬起头。真的呢，是一轮又大又亮，圆鼓鼓的月亮！他高兴坏了。

小狐告别小熊，朝自己家走去。

　　小熊对着天空轻轻地说："月亮，你跟着小狐去他家的房顶上呆一会儿，让小狐也高兴一下吧！"

　　可是，月亮不动。

小熊把月亮领到了小狐家。

"小狐，我把月亮送给你。"小熊说。

小狐叫道："哎呀，好漂亮！可是，你家的房顶上面就空了呀！"

　　小熊说不要紧，就跑回家去了。但是，当他回到院子里抬头看时，竟然发现月亮又回到了自己家的房顶上。

　　"哎呀，我怎么把月亮带回来了！小狐看不到月亮，会失望的。"

　　小熊赶紧跑着去给小狐送月亮。月亮挺不错的，一直跟着他，来到了小狐家的房顶上。

没想到，小熊往家里走时，月亮又跟着他往回走。

"算了，今晚我就睡在小狐的院子里吧。"

小熊躺在树下的吊床上，月亮终于不动了。

　　小狐趴在窗前看月亮，他想的是：小熊家本来有月亮，是亮亮的，现在变得黑黑的了。"不行，我得把月亮送还给小熊。"

小狐出门去，送月亮回小熊家。

送是送去了，可回家的时候，月亮还是跟着他回来了！

“月亮啊，你今天就待在小熊家
的屋顶上吧，我在这里陪着你。”

小狐对着月亮说完，就在小熊院
子里的吊床上睡下了。

月光下，小熊和小狐睡得都很香……

通往大自然的纯真故事

"林中好朋友"系列绘本创作手记

肖定丽

我为什么写"林中好朋友"系列绘本呢?

我喜欢山林。在山林里,每吸一口气,都带着花香,混和着青草的气息,能品咂出泉水的甘甜;沿着山路行走,泉水会一路伴奏,叮咚,哗啦,汩汩……我称它为"伴走音乐";还有黑蝴蝶、绿蚂蚱、花背甲壳虫在旁边跳舞。一阵风吹来,森林里树叶的碰撞声、鸟鸣声、水滴的滑落声,组成了一个立体的、巨大的音乐盒,我叫它"绿森林音乐盒"。在山林里,我遇见过许多神奇的动物和植物,还在山路当中半人高的地方,发现一朵洁白的云,梦想着把它抱回家,让它与我作伴。可是,当我伸手要去抱它的时候,那朵云倏地消失不见了。虽然这朵云飘走了,但它迷人的模样却留了下来,永远飘浮在我的记忆中。

在那样的山林里,我脑海里会产生许许多多的奇妙幻想,眼睛看不够,耳朵听不完,各种各样的想象,各式各样的故事,争着抢着往外蹦。这些全跟神奇有关,跟美好有关,跟善良有关。宁静,和谐,自由,我看见的都是世界最初的样子,都是最自然的流露。于是,"林中好朋友"的系列故事,就像山泉一样,叮咚,哗啦,汩汩地流淌出来。

我希望,通过小熊、小狐、棉尾兔……这些林中好朋友纯真的故事,孩子们能在奇妙的大自然中相遇,找寻友爱的密码,播种幸福的种子,获得快乐。

肖定丽

中国作家协会会员。出版童话《嘀丽和魔力兔》《小狮子毛尔冬》《芝麻巨人》等，作品获中宣部"五个一工程奖"、第五届国家图书奖、第六届全国优秀少儿图书奖、冰心儿童文学奖、冰心图书奖等几十个奖项。

钟 彧

1985年生于杭州，自幼爱好涂画。2007年毕业于浙江工商大学生物工程专业，毕业后开始从事插图和绘本创作。主要绘本作品有《亲亲小草莓》系列婴儿绘本、《我依然爱你》《大大的，小小的》《大纸箱》（HarperCollins UK出版社）《妈妈，我要去旅行》《宁宁是一棵树》《田鼠卖花》《小熊和小狐》系列童书等。绘画之外的兴趣是饲养动物和吃东西。